世间不止悲伤与脂肪

Life is more than Sorrow and Fat

Hu Xin shu × Jiang Xu

胡辛束 [文]

—

姜 旭 [图]

北京联合出版公司
Beijing United Publishing Co.,Ltd.

PERSONAL DATA

{ 个 人 信 息 }

姓名 NAME ....

地址 ADD ....

电话 TEL ....

邮箱 E-MAIL ....

Life
is more than
Sorrow and Fat

{ 世 间 不 止 悲 伤 与 脂 肪 }

“

Life

is more than

Sorrow

and

Fat

”

I

【世间 不止 悲伤与脂肪】

每双新鞋都磨脚。
有的磨脚后跟，
有的磨脚趾。
像极了那一段段
失败的爱情。

01

Life
is _more than
Sorrow and Fat

02

烟不离嘴的人
常年焦虑，
嗜酒如命的人
心里都苦不堪言。

03

对于那些你问心有愧的事，
最好别对别人提起，
这个世界永远比你想的聪明，
太多人知道你的秘密了。
毕竟每个故事没说的部分，
往往都是人们最愿意去猜测的。

碰到一些人
就像路过一些
糟糕的景色一样，
来都来了，
还是赶紧走吧。

04

总有人 05

在别人失败的生活里
去找自己，

共鸣引发的狂欢
都是在怀念熟悉的苦难。

我最无能的双重标准，
大概是我无法接受
自己不喜欢你，
却允许你随意。

06

得到好东西的那一刻，
我们才会恍然大悟，
真的好感谢
曾经那些试错标本
的参与啊。

07

Life
is _more than
Sorrow and Fat

08

听说这个周末

你会来见我，

我从周一早上8点

就开始开心。

09

人生在世，尽是夸张的合理感。

10

恕我直言，你真他妈美好啊。

想你和夜晚的饥饿一样，
我明知道会来，
也明知道不太舒服，
可我还是只能躺在床上，
深夜到天明，
佯装不知。

12

人明明是多巴胺的囚徒，可怎么你却成了我的炼狱呢？

我愿像火车一样
向你奔来，
请你不要同景色一般
向后退去。

当我们不再刻意寻求
存在感的时候，
世界便恰好迎接了
我们的一次重生。 14

15

急于求成的不是关系，而是勾当。

Life
is more than
Sorrow and Fat

{ 世 间 不 止 悲 伤 与 脂 肪 }

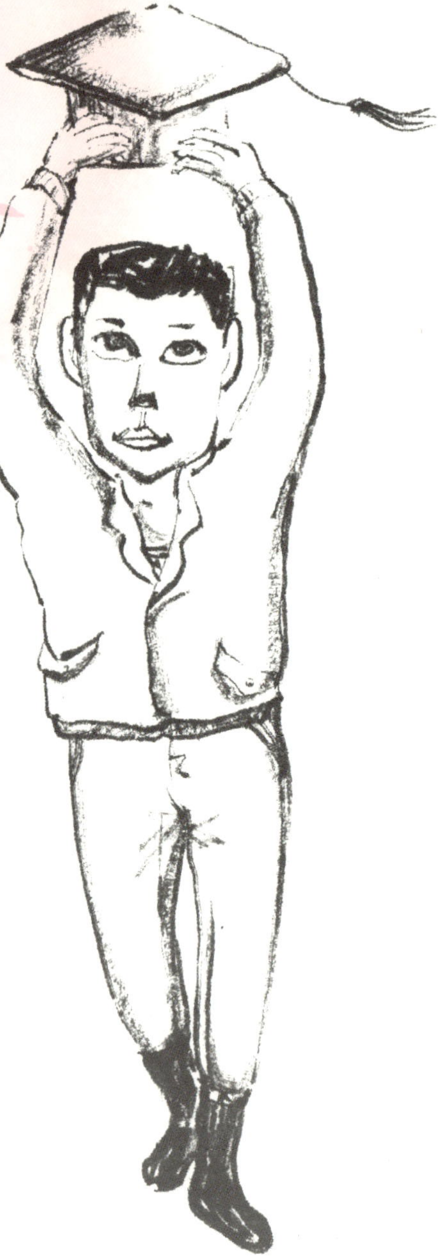

Life
is _more than
Sorrow and Fat

16

当我们还没成为
一个对的人，
也不该去强求
一个对的人到来。

17

世界上所有事的发生
都有原因，
只不过原因分为
你知道的和你不知道的
而已。

〈发现
朋友圈
龙哥
小小
打拼

Life
is　_more than
Sorrow and Fat

18

要在一个能让你
有荣誉感的地方
苟活。

19

不需要告诉你什么是对的，给你勇气就够了。

Life
is _more than
Sorrow and Fat

20

小时候认为
天大的事儿，
现在看来
竟然不及一顿饭重要。

21

饥饿与爱，都是不治之症。

Life
is _more than
Sorrow and Fat

{ 世 间 不 止 悲 伤 与 脂 肪 }

22

所有的可能性

都不该死在幻想里。

我们都是平凡的大多数，
却总是渴望成为
别人生命里的转机。

Life
is _more than
Sorrow and Fat

24

等待这个词，

明明站在关于时间的维度里，

却沾染着太多感性色彩。

25

人在得措只这件事上，总是发挥超常。

26

自私的人，都有种吝啬的美感。

哪怕破绽百出，
我还是舍不得
我肮脏的自尊心。

27

浪子从不会回头，

只会择优而栖。

29

我喜欢你的时候，
希望你是个好人。

我们相见不恨晚，
只是恨早。

31

我背下了整座城市的地图，
生怕有一天你说你在哪里，
我却没能用最快的速度找到你。

喝醉之人的可爱之处，莫过于会像个孩子一样去抱怨世界。

32

33

生而没能长成你最爱的长相，对不起。

收到了一条未读消息，

点开，

竟然还不是你。

35

睡觉之前有一万个想杀死你的理由，可醒来我还是想抱抱你。

我只怕所有的坏运气
不再有充足的理由。

37

爱情二字，总是以貌取人。

38

人死之后，
若要背起所有生前的负心行走，
我怕你寸步难行。

你是个总说真话的骗子。

39

人总是对相似的痛苦上瘾，比一切致瘾物质还强效。

Life
is _more than
Sorrow and Fat

41

有人教会我，
在飞机起飞和落地时，
一定要和自己最爱的
人们道句平安！

42

夸大节日和浪漫，
是我们单纯
又无能的表现。

双十一
11.11

Life
is _more than
Sorrow and Fat

43

一定要化好妆
再出门买衣服，
这样起码觉得
人生还有些东西
会属于你。

被上帝选中的人啊，
连不幸都带着使命感。

Life
is _more than
Sorrow and Fat

45

还好我心大，
难过的事儿
总是自己就走失了。

鱼香肉丝里
有没有鱼不重要，
但平常心
实在是太难平常了。

Life
is _more than
Sorrow and Fat

Life
is _more than
Sorrow and Fat

{ 世 间 不 止 悲 伤 与 脂 肪 }

47

六十年太短，
不过也只是够
三十年河东、
三十年河西。

48

舍不得占有你
所以才选择与你
独立生活。

Life
is _more than
Sorrow and Fat

49

每年的开始，
我们都愿意笑着
承认变老。

50

当我发现
所有的坏事都有了转机，
我一不小心就爱上了
这个世界。

人总是
在自己一知半解的领域
最健谈。

52

闯过无数个
人行横道的红灯以后
才明白，
这一辈子活得如此
侥幸。

错失这个机会别担心，

上天在为你
下一个更大的机会
空出时间。

54

对未知的东西
总是饱含期许，
我时常在模仿新生儿
感知世界的眼神。

你总是用孤独自嘲，
但你却从未孤独过啊。

愿你爱每一个人都能像穿着高跟鞋下楼梯那样专心。56

57

你唯利是图的样子很美。

我梦到你，
你却在现实里叫醒了我，
多好。

58

很多时候
我不需要你来承认什么，
只要我相信了，
那就是真的。

酒是怪东西，

60

喝进胃里，

却总从眼睛里流出来。

没见过好东西，

所以不知道什么才是好。

没爱过对的人，

所以也从没遇见过对的自己。

62

我们的聊天记录，
就是一间存爱银行。

很多时候
快乐是可以用数字
来量化的。

吃饱了不想家，

可我却会想你。

64

不喜欢道别，
明明是相遇时就会预料到的事
何必在最后一刻
才恍然大悟呢。

Life
is _more than
Sorrow and Fat

66

你站在阳台上
随手扔掉的烟头，
却像流星一样
给了别人许愿的理由。

我觉得自己
今天很可爱，
谢谢大家观看。

there is not only
Sad and Fat
in the _World

68

热恋的人舍不得睡觉，单身的人离不开床。

音乐和电影是良药，而你是救命稻草。

Life
is _more than
Sorrow and Fat

70

我一个人生活，
不用去担心祸害人间。

人的出场顺序
也没想的那么重要，
往往最后该谁还是谁。

Life
is _more than
Sorrow and Fat

72

人一快乐，
便开始浅薄
而无知。

73

你若在身旁，
我巴不得夜长
梦多。

Life
is _more than
Sorrow and Fat

74

只要是你，

什么姿势都可以。

75

刺多却心软的人啊，
愿我们来生能做只榴莲。

76

有小男孩特质的姑娘都格外可爱。

睡得再晚，
不会找你的人
还是不会找你，
死心吧。

77

如果你想睡一个人，
全世界都会来帮你的。

79

所有无私的帮助，
都有更大的企图。

你活在我的脑内剧场，
每天都是一出好戏。

81

感谢春天
充足的光与氧气，
我终于不用再寄居于你。

82

真心，不一定能换来真心，但戒备心总是能换来戒备心。

离负能量

满身的人远一点，

我们的人生能见度

大概会高很多。 83

时光都流逝于突如其来的季节和爱情里了。

欲速则不达的道理
听了那么久，
可还是
急于求成了这么多年。

小时候
最缺乏的东西，
都在余生里
成了最夸张的执念。

愚人走在黑夜里
遇见一盏路灯，
总会以为是月亮。87

88

给了我期限，
等待反而显得更为漫长。

Life
is _more than
Sorrow and Fat

89

需要我们很努力
才可以去原谅的那些人，
想必根本不值得被原谅。

自拍能让人
最快速地进入
催眠状态。

Life
is _more than
Sorrow and Fat

91

渴望自由的人，
往往是对归属之处
不够满意吧。

我们总是像在等
迟到的大姨妈一般，
极其迫切地期待
一场爱情。

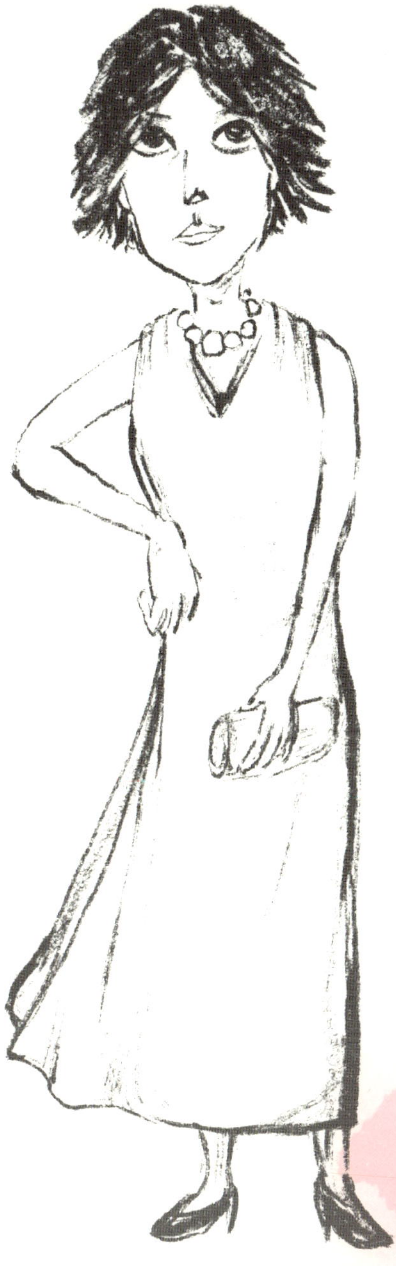

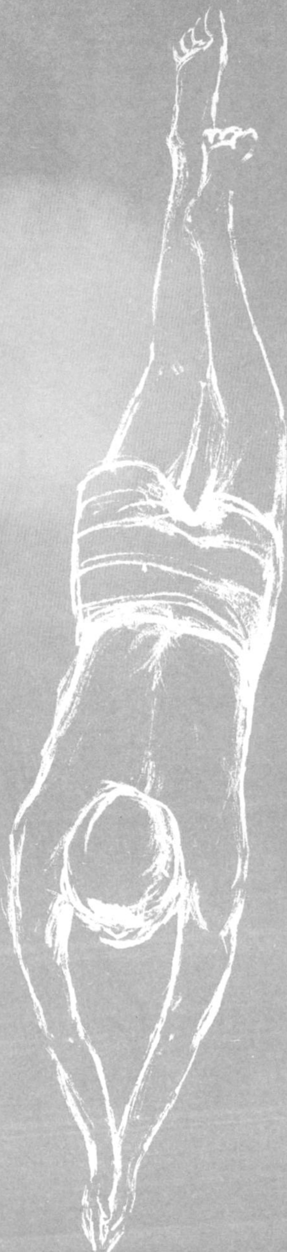

Life
is _more than
Sorrow and Fat

{ 世间不止悲伤与脂肪 }

93

我好想冲进你的身体，
偷走你的心。

94

对不起啊，

我对你有了占有之心。

天赋和短板总是结伴而行。

好久不见，
有空出来
请你睡个觉啊。

there is not only
Sad and Fat
in the _World

97

我们变好得太慢了。

生命并不长
请及时行乐，
按时吃喝。

Life
is _more than
Sorrow and Fat

{ 世 间 不 止 悲 伤 与 脂 肪 }

99

但愿你能如
阳光里的尘埃
一般自在。

100

你跟我

就是男欢女爱，

你跟别人

就是男盗女娼。

“

Life

is more than

Sorrow

and

Fat

”

II

Life is more than Sorrow and Fat

世间不止悲伤与脂肪

“

Life

is more than

Sorrow

and

Fat

”

III

【手账】

JANUARY

MON.	TUES.	WED.	THUR.

FRI.	SAT. & SUN.

NOTES

- [ ]
- [ ]
- [ ]
- [ ]
- [ ]
- [ ]
- [ ]
- [ ]
- [ ]
- [ ]
- [ ]
- [ ]
- [ ]

F E B R U A R Y

MON.	TUES.	WED.	THUR.

FRI.	SAT. & SUN.

NOTES

- [ ]
- [ ]
- [ ]
- [ ]
- [ ]
- [ ]
- [ ]
- [ ]
- [ ]
- [ ]
- [ ]
- [ ]
- [ ]

MARCH

MON.	TUES.	WED.	THUR.

FRI.	SAT. & SUN.

NOTES

- [ ]
- [ ]
- [ ]
- [ ]
- [ ]
- [ ]
- [ ]
- [ ]
- [ ]
- [ ]
- [ ]
- [ ]
- [ ]

A P R I L

MON.	TUES.	WED.	THUR.

FRI.	SAT. & SUN.

NOTES

- ☐
- ☐
- ☐
- ☐
- ☐
- ☐
- ☐
- ☐
- ☐
- ☐
- ☐
- ☐
- ☐

MAY

MON.	TUES.	WED.	THUR.

05

FRI.	SAT. & SUN.

NOTES

- [ ]
- [ ]
- [ ]
- [ ]
- [ ]
- [ ]
- [ ]
- [ ]
- [ ]
- [ ]
- [ ]
- [ ]
- [ ]

JUNE

MON.	TUES.	WED.	THUR.

FRI.	SAT. & SUN.

NOTES

- [ ]
- [ ]
- [ ]
- [ ]
- [ ]
- [ ]
- [ ]
- [ ]
- [ ]
- [ ]
- [ ]
- [ ]
- [ ]

JULY

MON.	TUES.	WED.	THUR.

FRI.	SAT. & SUN.

NOTES

AUGUST

MON.	TUES.	WED.	THUR.

FRI.	SAT. & SUN.

NOTES

- [ ]
- [ ]
- [ ]
- [ ]
- [ ]
- [ ]
- [ ]
- [ ]
- [ ]
- [ ]
- [ ]
- [ ]
- [ ]

SEPTEMBER

MON.	TUES.	WED.	THUR.

FRI.	SAT. & SUN.

NOTES

- [ ]
- [ ]
- [ ]
- [ ]
- [ ]
- [ ]
- [ ]
- [ ]
- [ ]
- [ ]
- [ ]
- [ ]
- [ ]

OCTOBER

MON.	TUES.	WED.	THUR.

FRI.	SAT. & SUN.

NOTES

- ☐
- ☐
- ☐
- ☐
- ☐
- ☐
- ☐
- ☐
- ☐
- ☐
- ☐
- ☐
- ☐

NOVEMBER

MON.	TUES.	WED.	THUR.

FRI.	SAT. & SUN.

NOTES

- □
- □
- □
- □
- □
- □
- □
- □
- □
- □
- □
- □
- □

DECEMBER

MON.	TUES.	WED.	THUR.

FRI.	SAT. & SUN.

NOTES

- [ ]
- [ ]
- [ ]
- [ ]
- [ ]
- [ ]
- [ ]
- [ ]
- [ ]
- [ ]
- [ ]
- [ ]
- [ ]

TRAVEL PLANS

{ 旅 行 计 划 }

日期 DATE

目的地 LOCATION

行程计划 ROUTING	物品清单 CHECK LIST
	□
	□
	□
	□
	□
	□
	□
	□
	□
	□
	□
	□

TRAVEL PLANS

{旅 行 计 划}

日期 DATE

目的地 LOCATION

行程计划 ROUTING	物品清单 CHECK LIST
	□
	□
	□
	□
	□
	□
	□
	□
	□
	□
	□
	□

FINANCIAL RECORDS {收支记录}

	收入	支出	结余	购买计划
JAN.				
FEB.				
MAR.				
APR.				
MAY.				
JUN.				
JUL.				
AUG.				
SEPT.				
OCT.				
NOV.				
DEC.				

HEALTH RECORDS {健康记录}

1 2 3 4 5 6 7 8 9 10 11 12 13 14 15 16 17 18 19 20 21 22 23 24 25 26 27 28 29 30 31

1 2 3 4 5 6 7 8 9 10 11 12 13 14 15 16 17 18 19 20 21 22 23 24 25 26 27 28 29 30 31

1 2 3 4 5 6 7 8 9 10 11 12 13 14 15 16 17 18 19 20 21 22 23 24 25 26 27 28 29 30 31

1 2 3 4 5 6 7 8 9 10 11 12 13 14 15 16 17 18 19 20 21 22 23 24 25 26 27 28 29 30 31

1 2 3 4 5 6 7 8 9 10 11 12 13 14 15 16 17 18 19 20 21 22 23 24 25 26 27 28 29 30 31

1 2 3 4 5 6 7 8 9 10 11 12 13 14 15 16 17 18 19 20 21 22 23 24 25 26 27 28 29 30 31

1 2 3 4 5 6 7 8 9 10 11 12 13 14 15 16 17 18 19 20 21 22 23 24 25 26 27 28 29 30 31

1 2 3 4 5 6 7 8 9 10 11 12 13 14 15 16 17 18 19 20 21 22 23 24 25 26 27 28 29 30 31

1 2 3 4 5 6 7 8 9 10 11 12 13 14 15 16 17 18 19 20 21 22 23 24 25 26 27 28 29 30 31

1 2 3 4 5 6 7 8 9 10 11 12 13 14 15 16 17 18 19 20 21 22 23 24 25 26 27 28 29 30 31

1 2 3 4 5 6 7 8 9 10 11 12 13 14 15 16 17 18 19 20 21 22 23 24 25 26 27 28 29 30 31

1 2 3 4 5 6 7 8 9 10 11 12 13 14 15 16 17 18 19 20 21 22 23 24 25 26 27 28 29 30 31

健康目标	

READING NOTES

{ 读 书 笔 记 }

标题 TITLE	作者 AUTHOR	读后感 THOUGHTS
		□ □
		□ □
		□ □
		□ □
		□ □
		□ □
		□ □
		□ □

VIEWING NOTES {观影笔记}

标题 TITLE	观后感 THOUGHTS
	□ □
	□ □
	□ □
	□ □
	□ □
	□ □
	□ □
	□ □

ANNUAL PLANS

{年度计划}

“

再见悲伤

&

再见脂肪

”

世间不止悲伤与脂肪

胡辛束　文
姜　旭　图

图书在版编目（CIP）数据

世间不止悲伤与脂肪 / 胡辛束著；姜旭绘．— 北京：北京联合出版公司，2016.12
ISBN 978-7-5502-9128-7

Ⅰ．①世… Ⅱ．①胡… ②姜… Ⅲ．①散文集—中国—当代 Ⅳ．①I267

中国版本图书馆 CIP 数据核字（2016）第 270130 号

出品人　唐学雷
策　划　联合天际·张国辰
责任编辑　喻　静　刘　凯
特约编辑　郝　佳
装帧设计　@_叁囍

未读 UnRead
文艺家

出　版　北京联合出版公司
北京市西城区德外大街 83 号楼 9 层　100088
发　行　北京联合天畅发行公司
印　刷　小森印刷（北京）有限公司
经　销　新华书店
字　数　10 千字
开　本　710 毫米 × 1000 毫米 1/32　7 印张
版　次　2016 年 12 月第 1 版　2016 年 12 月第 1 次印刷
I S B N　978-7-5502-9128-7
定　价　68.00 元